PANÉGYRIQUE

DE

SAINT DOMINIQUE

PRONONCÉ A SAINT-MICHEL DU HAVRE

LE 4 AOUT 1896

PAR

M. le Chanoine BARRÉ

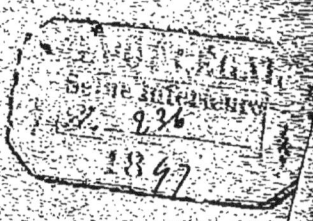

I0548554

ROUEN

LIBRAIRIE CH. DELESQUES

—

1897

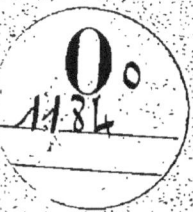

PANÉGYRIQUE

DE

SAINT DOMINIQUE

PRONONCÉ A SAINT-MICHEL DU HAVRE

LE 4 AOUT 1896

PAR

M. le Chanoine BARRÉ

ROUEN

LIBRAIRIE CH. DELESQUES

—

1897

PANÉGYRIQUE DE SAINT DOMINIQUE

Prononcé à Saint-Michel du Havre

le 4 août 1896

Par M. le Chanoine BARRÉ, de Rouen

———✦———

Hi viri misericordiæ sunt quorum pietates non
defuerunt. Hereditas sancta nepotes eorum,
et in testamentis stetit semen eorum : et filii
eorum propter illos in æternum manent et
gloria eorum non derelinquetur.

(Ecclésiastique, XLIV.)

MES R.R. P.P.,
MES FRÈRES,

Pardonnez-moi ce texte un peu long de nos Saints Livres, mais
j'y ai trouvé tant de charmes et tant de délices pendant que je
préparais ce discours, qu'il m'est resté comme une incomparable
douceur à mon cœur et à mes lèvres. Je pensais en le méditant
qu'il convenait admirablement à cette solennité qui nous réunit,
au glorieux patriarche Dominique, à cette noble famille religieuse
qui nous convie à nous réjouir avec elle, à nous souvenir, à
espérer pour elle et comme elle. Oui, je pensais à ces hommes
au grand cœur qui ont opéré des merveilles en tous points admi-
rables, qui ont laissé un héritage et des Fils pour le recueillir ;
des Fils qui ont gardé cet héritage saint, et qui, fidèles au testament du Père, demeureront glorieux.

Et n'est-ce pas que c'est bien là toute la vie de saint Dominique, et toute la solennité qui nous réunit. C'est lui qui fut ce

grand cœur ; les merveilles qu'il a opérées en firent le prodige de son siècle. Son héritage et ses Fils remplissent le monde, et ces Fils demeurés fidèles au testament du Père, seront à jamais glorieux.

Mes Frères, quand on veut savoir ce qu'a été un homme, on demande :

Ce qu'en ont pensé ses contemporains ;

Quelle action il a exercée autour de lui ;

Quel a été le secret ou le ressort de sa puissance ;

Ce qu'il a fait et ce qui reste de lui.

J'essaierai donc de vous dire :

Ce que fut Dominique aux yeux de ses contemporains ;

Ce qu'il a été devant Dieu ;

Ce qu'il fit et ce qu'il fait encore.

I

Ce que fut Dominique aux yeux de ses contemporains, c'est le poète de l'Italie, c'est le Dante qui l'a dit, quand, les résumant tous, il proclame au moment de parler de lui, que Dominique parut sur la terre comme un rayonnement de la lumière des Chérubins (Chant XI°). Et il ajoute : « Aux lieux où naît le doux zéphir qui fait ouvrir les feuilles nouvelles dont on voit l'Europe se parer,..... au sein de l'heureuse Calaroga, naquit l'amant passionné de la foi chrétienne, le saint athlète doux aux siens, dur aux ennemis. A peine créée, son âme fut remplie d'une vertu si vive, que sa mère, qui le portait dans son sein, en devint Prophétesse. Dès que sur les fonts sacrés furent accomplies, entre lui et la foi, les fiançailles où ils se dotèrent mutuellement du salut, la dame qui pour lui fit la promesse, vit en songe le fruit merveilleux qui devait sortir de lui et de ses successeurs.

En lui, parut l'envoyé et le serviteur du Christ. Maintes fois sa nourrice le surprit, tout enfant, se prosternant pour adorer

Dieu, comme s'il eût dit : C'est pour cela que je suis venu. Et si en peu de temps il se fit grand docteur, ce ne fut pas pour le monde, mais pour cultiver la vigne du Christ. Fort de sa doctrine, de son vouloir, de sa mission apostolique, il se précipita comme un torrent qui jaillit d'une source abondante et il allait déracinant les hérésies. Puis il se divisa en plusieurs ruisseaux qui arrosent les jardins de l'Eglise et y ravivent les plantes » (1).

De cette page, nous pouvons conclure quelle auréole fut celle de Dominique devant Dieu et devant ses contemporains. Qu'il me suffise de nommer ses amis, comme ce vénérable évêque d'Osma, Azevedo, si grand au rayonnement de Dominique ; Simon de Montfort, le noble et généreux chevalier du Christ en ces temps si troublés ; Foulques de Toulouse, cet évêque vraiment digne des plus beaux jours de l'Eglise et pour son zèle apostolique et pour l'intelligence qu'il eut du secours qui lui venait de Dieu. Et ses disciples Réginald de Saint-Gilles, Jourdain de Saxe, saint Hyacinthe, Albert le Grand.

Que ceux d'entre vous, mes Frères, qui veulent savoir ce qu'est un ami de Dieu, à quels sommets il peut arriver, quelle puissance il peut obtenir sur toutes choses, quelles merveilles il peut semer autour de lui comme en se jouant, lisent la vie de ces premiers disciples de saint Dominique.

Et ne vous étonnez point alors, qu'à la suite des amis et des disciples, ceux qui représentent sur terre la plus haute autorité, la plus haute puissance, viennent tous rendre hommage au choix de Dieu et reconnaître la mission providentielle qui lui a été confiée.

Et ce sont les papes et les plus glorieux parmi les papes qui ont sacré Dominique l'apôtre de son temps : Innocent III, Honorius III, Grégoire IX. Et quand j'ai nommé ces trois papes, n'ai-je pas dit ce qu'il y eut de plus grand, de plus puissant au

(1) Dante. Chant XII.

xiiiᵉ siècle, si fécond cependant en grands hommes. C'est Innocent qui lui donne sa première mission au pays des Albigeois. Les légats du pape, tous abbés de Citeaux, sous la conduite de Pierre de Castelnau, hommes remarquables par leur vertu, leur science et leur piété, n'arrivaient cependant à rien. Dominique leur propose de prêcher d'exemple. « Nos ennemis, dit-il, attirent les foules par le luxe et les séductions mondaines ; nous, disciples de Jésus-Christ, il nous convient d'aller à pied, sans train, sans argent, sans serviteurs, pour vaincre la malignité des novateurs. »

Déjà les conversions commencent; Dominique tient tête aux hérétiques; toute la mission repose sur lui. Dans son zèle, il défie les novateurs; trois fois il fait subir l'épreuve du feu à son livre en témoignage de la vérité de sa parole, il fonde son cher couvent de Prouille en faveur des filles en danger de perdre la foi. Castelnau est assassiné par les Albigeois irrités ; les abbés de Citeaux découragés se retirent, l'évêque d'Osma, le pieux Azevedo rentre dans son diocèse où il meurt bientôt. Dominique reste seul, mais il ne perd point courage. Il groupe autour de lui quelques ouvriers apostoliques, vient à Alby et commence une nouvelle campagne, celle-là, décisive. Pour venger le meurtre du légat Castelnau, Innocent III ouvre une nouvelle croisade, dont il confie la conduite à Simon de Montfort. Dominique, qui avait horreur de l'effusion du sang, redouble de zèle et surtout de prières. Il s'adresse à la Sainte Vierge qui lui donne le Rosaire comme moyen de conversion des hérétiques. Double croisade, celle du fer et celle du rosaire qui s'ouvre dès lors, et encore Dominique inspire-t-il la dévotion du rosaire aux soldats de Montfort. Dès lors, tout change de face, et avant même que Montfort fut victorieux à Muret, plus de 100,000 hérétiques quittaient leurs erreurs et venaient demander à Dominique de rentrer au sein de l'unité.

Entre temps, nombre d'églises, veuves de leurs évêques, demandaient le saint apôtre comme premier pasteur : « Non, répondait-il invariablement, non car « *non missus sum episcopare sed evangelizare.* »

Cependant, sa pensée de fonder un ordre pour la prédication, déjà ancienne dans son esprit, prend corps de plus en plus. Il réunit seize compagnons, leur expose « que les maux augmentent, que pour être vaincus, les hérétiques ne sont point convertis, que les mœurs sont corrompues, enfin qu'en beaucoup d'endroits, la discipline est abolie. » Sur ces entrefaites, Innocent III indique le Concile de Latran. Foulques de Toulouse qui s'y rendait prend avec lui Dominique. Le saint patriarche trouve là une occasion providentielle de faire approuver sa fondation. Innocent III résiste d'abord, d'autant que le Concile de Latran venait de défendre de créer aucun ordre religieux nouveau. Mais ayant vu en songe l'église de Latran en ruines, soutenue par les épaules de Dominique, il donna une approbation verbale, renvoyant à plus tard une reconnaissance solennelle.

A peine de retour en France où il préparait à Prouille les règles et statuts de l'Ordre qu'il projetait, la nouvelle arriva qu'Innocent III venait de mourir et qu'il était remplacé par Honorius III. Il se hâta de revenir à Rome et le nouveau pape, dans la bulle célèbre du 22 décembre 1216, approuva l'ordre de saint Dominique, donnant au saint le nom de *Frère prêcheur.*

Les apôtres Pierre et Paul viennent eux-mêmes confirmer la reconnaissance du chef de l'Eglise, et dans une apparition, l'un d'eux lui présente un bâton, l'autre un livre, disant : « Allez prêcher, vous êtes choisi pour cela. » Et depuis lors, Dominique ne laissa de marcher sans avoir un bâton à la main et le livre des Evangiles et des Epitres de saint Paul.

Il y avait en ce temps à Rome un cardinal remarquable par sa science et sa vertu, c'était le cardinal Ugolin, évêque d'Ostie, de la famille des princes de Conti. Il était, dit Lacordaire, décoré de vingt années de pourpre et de soixante-treize années de vie. Il était déjà l'ami de saint François d'Assise, qui lui avait prédit

la tiare et lui avait écrit un jour : « Au très révérend Père et Seigneur Ugolin, évêque d'Ostie, futur évêque de tout le monde et
père des nations. » Malgré le poids de son âge, il se sentit attiré
vers Dominique comme il l'avait été vers François, et son cœur
jeune encore se trouva capable de les aimer d'une pareille amitié.
Le vieux cardinal, destiné à mourir presque centenaire sur le
trône pontifical, était donné de Dieu à Dominique pour être son
introducteur dans la tombe et le protecteur de sa mémoire, pour
célébrer ses funérailles avec la piété de l'ami et graver son nom
au livre des Saints avec l'infaillibilité du pontife.

C'est ce même Grégoire IX qui, deux ans après la mort de
Dominique, reprochait à Jourdain de Saxe et à Réginald d'avoir
trop attendu pour demander sa canonisation : « Pour moi, ajou-
tait-il, je crois autant à la sainteté de Dominique qu'à celle de
saint Pierre et de saint Paul. »

Et s'il faut ajouter à de pareils témoins et amis, j'invoquerai
en faveur de notre saint l'autorité et le cœur du pauvre d'Assise :
Dominique et François d'Assise ! Quelle vision que le rappro-
chement de ces deux hommes venus à la vie, à la sainteté, à
l'apostolat de pays si éloignés, de circonstances si différentes, et
pourtant suscités de Dieu pour être en même temps la gloire et
l'appui de son Église.

C'était en 1216, pendant le séjour de Dominique à Rome pour
le Concile de Latran et l'approbation de son Ordre. Jamais le nom
de l'un n'avait frappé l'oreille de l'autre. Une nuit, Dominique
étant en prière, selon sa coutume, vit Jésus-Christ irrité contre
le monde, et sa mère qui lui présentait deux hommes pour
l'apaiser. Il se reconnut pour l'un des deux, mais ne savait qui
était l'autre. Il le regarda attentivement et l'image lui en demeura
présente. Le lendemain, dans une église, il reconnut, sous un froc
de mendiant, la figure qui lui avait été montrée la nuit précé-
dente, et courant à ce pauvre, il le serra dans ses bras avec une
sainte effusion, entrecoupée de ces paroles : « Vous êtes mon

compagnon, vous marcherez avec moi, tenons-nous ensemble, et nul ne pourra prévaloir contre nous. » Il lui raconta ensuite la vision qu'il avait eue, et leur cœur se fondit l'un dans l'autre entre ces embrassements et ces discours.

Et le baiser de Dominique et de François s'est transmis, dit Lacordaire, de génération en génération sur les lèvres de leur postérité. Une jeune amitié unit encore aujourd'hui les Frères prêcheurs et les Frères mineurs.

La maison du cardinal Ugolin cimenta cette amitié si glorieuse pour l'Église et ce toit béni abrita souvent les deux patriarches qui venaient y retrouver un appui pour leur mission et un rendez-vous toujours ouvert pour leurs entretiens.

Et cette amitié ne se démentit jamais. En toutes circonstances, ils témoignèrent l'un pour l'autre une estime et une vénération que leurs historiens nous ont conservées. Citons-en ce trait : C'est à Crémone qu'ils se rencontrèrent pour la dernière fois, dans un couvent nouvellement fondé par saint François. Pendant qu'ils conversaient, les Frères viennent leur dire ; « Nous manquons d'eau pure au couvent, c'est pourquoi vous qui êtes nos pères et serviteurs de Dieu, nous vous prions de bénir notre puits dont l'eau est trouble et corrompue. » Les deux saints se regardent, chacun invitant l'autre à répondre. Alors Dominique dit aux Frères : « Allez puiser de l'eau et apportez-nous-là. » Ils apportèrent cette eau et alors Dominique dit à François : « Père, bénissez cette eau au nom du Seigneur. » — François répondit : « Père, bénissez-la vous-même car vous êtes le plus grand. » — Cette pieuse contestation dura quelque temps entre eux. A la fin, Dominique vaincu par François fit le signe de la croix sur le vase, ordonna qu'on en versât l'eau dans le puits et la source en fut purifiée pour toujours.

Tels sont, mes Frères, les témoignages que les contemporains rendent à saint Dominique. Disons dans une seconde partie, ce qu'il fut devant Dieu et devant le monde.

II

D'abord il fut un saint, ce qui est pour un chrétien l'œuvre par excellence. Il fut saint de la sainteté connue jusqu'à lui. Saint d'une sainteté spéciale, créatrice, divinement féconde pour le siècle où il apparut. Saint d'une sainteté héroïque, faite toute de renoncement, de fidélité à l'appel de Dieu, de pauvreté, de prière, de don absolu à Dieu et aux âmes, d'obéissance à l'Eglise. Saint enfin d'une sainteté communicative, appelant les âmes d'élite pour en faire ses disciples, appelant les foules pour les sauver.

Mais plutôt ne nous arrêtons point à énumérer les caractères de la sainteté de Dominique. Suivons le précepte du Seigneur qui veut la reconnaître comme on reconnaît l'arbre à ses fruits, et nous comprendrons que le saint ami de Dominique, le pieux et grand pape Grégoire IX ait pu dire sans hésiter : « Je crois à la sainteté de Dominique, comme je crois à la sainteté de saint Pierre et de saint Paul. »

Nous avons trop négligé peut-être les années de son enfance et de sa jeunesse, et nous n'avons point assez dit comment, simple étudiant à l'Université de Palencia, il étonnait déjà par son union à Dieu qui allait jusqu'à l'extase, comme dit saint Antonin, et comment, dans une famine, il donna jusqu'à ses livres, entraînant par son exemple la générosité des riches. J'aurais pu ajouter aussi qu'en ces années, ayant tout donné, il s'offrit à être esclave chez les Maures pour remplacer le frère d'une pauvre veuve.

Fait chanoine d'Osma par le pieux évêque Diego d'Azevedo, il devient de suite son ami, son confident et son conseiller. Appelé à travailler à la conversion des Albigeois, il devine du premier coup la cause de l'insuccès des légats : « Laissons tout ce train, leur dit-il, dépouillons tout apparat, tout faste. Alors seulement nous pourrons confondre les hérétiques. » Et de fait la pauvreté de Dominique aussi bien que la dévotion du Rosaire, décidèrent seules de la conversion et du retour des Albigeois au sein de l'Eglise.

C'est alors que commence cette série merveilleuse de fondations qui marchent de pair avec ses travaux apostoliques : Prouille et saint Romain de Toulouse demeurèrent les premières et les plus chères de toutes. Et c'est à ce moment que pour mettre le sceau à la sainteté de son serviteur, Dieu l'honore du don des miracles. Souvent ses disciples le voyaient élevé de terre pendant sa prière et il sauva un jour, par un signe de sa main, quarante pèlerins de Saint-Jacques-de-Compostelle, tombés dans la Garonne. Cependant Rome l'attire toujours. Dominique avait hâte de se jeter aux pieds du Pape et de lui faire part de la conversion des Albigeois et des heureux développements de son Ordre. Le Pape ravi de ces nouvelles lui donna l'église de Saint-Sixte.

C'est à Saint-Sixte que Dieu fait éclater, par les plus grands prodiges, la sainteté de Dominique. Qu'il nous suffise de citer la résurrection de trois morts.

Le premier, enfant d'une sainte veuve, apporté à Saint-Sixte par sa mère. Dominique le ressuscite d'un signe de croix, à la grande admiration du Pape et de toute la ville de Rome.

Le second fut un jeune ouvrier qui, travaillant à Saint-Sixte, fut écrasé sous un pan de muraille. Dominique le fait dégager, puis lui rend la vie en rétablissant les membres brisés.

L'admiration des Romains s'en accrut, ce qui n'empêchait pas, car les hommes sont partout les mêmes, que la Communauté qui ne vivait que d'aumônes, ne connût le plus cruel dénuement. Mais deux fois des anges, sous forme humaine, apportèrent et donnèrent à chacun des frères un pain d'une fraîcheur et d'un goût incomparables ; deux fois, à la bénédiction du saint, le vin nécessaire à la Communauté se trouva au fond d'un muids vide depuis longtemps.

12

Enfin, pour arriver à la troisième résurrection de mort, un jeune seigneur, neveu du puissant cardinal Etienne de Fosseneuve, s'était tué en tombant de cheval. Le cardinal, son oncle, était à cette même heure en conférence avec Dominique et le cardinal Ugolin pour travailler, par ordre du Pape, à la réunion en un seul couvent de toutes les religieuses de Rome.

. Dans sa douleur, Etienne de Fosseneuve implore l'intervention de Dominique. Notre saint annonce qu'il dira la messe le lendemain pour le défunt. Trois cardinaux et un grand nombre de religieux se trouvent à l'heure dite. A l'élévation, Dominique entre en extase et son corps est élevé de terre. Après la messe il touche trois fois de sa main le mort, puis d'une forte voix il lui dit : « Mon fils, au nom de Notre-Seigneur, je vous le dis, levez-vous ». Et le jeune homme se leva, plein de vie et de santé.

On devine aisément l'impression produite sur les Romains par ces prodiges répétés, et en quelle vénération ils avaient le saint patriarche. C'est à cette époque que remonte la fondation de Sainte-Sabine, où Dominique et ses premiers religieux trouvèrent, sur les hauteurs de l'Aventin, un air plus sain et plus pur qu'à Saint-Sixte.

On a souvent dit des grands saints qu'ils furent aussi les hommes les plus aimables de leur temps. Ceci est vrai à la lettre de saint Dominique, et je n'en citerai que le trait suivant :

« Plusieurs fois Dominique avait voulu revoir l'Espagne et les maisons qu'il y avait fondées. Un historien nous raconte qu'au retour d'un de ces voyages, il distribua aux Sœurs de Saint-Sixte des cuillères d'ébène qu'il leur avait rapportées d'Espagne. Simplicité de ce grand homme ! La pensée de faire plaisir à de pauvres religieuses l'avait préoccupé au sein des fatigues et des affaires d'un long voyage et il leur avait apporté sur ses épaules, pendant une route de six à sept cents lieues, un souvenir de son pays. Je dis sur ses épaules, car il ne souffrait jamais qu'un autre que lui fut chargé de son bagage. »

Enfin averti par un ange de sa fin prochaine, Dominique voulut réunir ses frères en un dernier Chapitre général à Bologne, le jour même de la Pentecôte qui, en 1221, tombait le 30 mai. C'est dans ce chapitre que l'Ordre fut partagé en huit provinces avec primauté d'honneur pour l'Espagne par vénération pour le bienheureux patriarche dont elle était la patrie.

Au bout de quelques semaines, selon la prédiction qu'il avait faite qu'il mourrait avant la fête de l'Assomption, il tomba gravement malade. S'adressant à ses frères, il leur fit cette recommandation sous la forme solennelle de testament : « Voici mes frères bien-aimés, l'héritage que je vous laisse comme à mes enfants : ayez la charité, gardez l'humilité, possédez la pauvreté volontaire. » Puis ayant béni ses religieux, il demanda les prières des agonissants qu'il accompagnait de ses lèvres. Quand on arriva à ces mots : « Venez à son secours, saints de Dieu », ses lèvres firent un dernier mouvement, ses mains se levèrent au ciel et Dieu reçut son esprit. C'était le 6 août 1221, un vendredi à l'heure de midi.

Moins de douze ans après, le cardinal Ugolin, l'ami de Dominique, devenu pape, sous le nom de Grégoire IX, ouvrit le procès de canonisation et au bout de six mois il inscrivait, dans une bulle que nous avons encore, Dominique au catalogue des saints.

Arrêtons-nous ici, mes Frères, et pour mesurer en un dernier regard la prodigieuse grandeur de notre héros, disons en quelques mots ce qu'il a fait et ce qu'il fait encore.

III

Ce qu'a fait Dominique! Il a été l'ami de son siècle, c'est-à-dire qu'il a **tout animé**, tout relevé, tout fécondé par lui ou par ses disciples. Et quand je dis tout, j'entends la royauté, les sciences, les arts, la liberté des peuples.

La royauté d'abord. Ce n'est point un des moindres charmes de l'histoire que de saisir les secrets qui échappent aux foules et de trouver en des détails, qui paraissent insignifiants au premier abord, l'explication des plus graves événements.

C'est ainsi qu'à son premier voyage en France, à la Cour de Louis VIII, avec l'évêque d'Osma, Dominique trouva la pieuse reine Blanche de Castille, préoccupée comme toute la cour et le royaume de n'avoir point d'héritier. Dominique lui conseilla la pratique du Rosaire pour obtenir un prince sage, pieux et généreux. Comme il revenait à Paris quelques années après, la reine Blanche lui présenta à bénir le jeune prince que Dieu lui avait accordé ; ce prince, don du ciel, devait être plus tard le saint roi Louis IX.

Tout remplis de reconnaissance, Louis VIII et Blanche veulent un disciple de saint Dominique pour maître et confesseur de leur fils, et pendant vingt-deux ans le dominicain Geoffroy de Beaulieu forme le cœur de saint Louis, écrit le récit des deux Croisades qu'il a faites, demeure son plus intime confident, le console de la mort de Blanche, suit le Roi, recueille son dernier soupir et accompagne ses restes à Saint-Denis.

A quelques années de là, le dernier dauphin Humbert venait frapper à la porte d'un couvent et demandait l'habit de saint Dominique, ne prenant que le temps de signer un traité qui donnait le Dauphiné à la France, à la seule condition que l'héritier de la couronne prendrait le titre de dauphin. Ces faits et beaucoup d'autres encore, trop peu connus, n'en font pas moins partie de nos gloires nationales.

Les sciences sont aussi une royauté, et ce sceptre, personne ne l'a porté plus fièrement que l'Ordre de Saint-Dominique.

Le soleil appelle les astres, et les astres attirés vers Dominique avaient nom **Reginald d'Orléans, Hyacinthe de Cracovie,**

Jourdain de Saxe, Albert le Grand, et pour les résumer tous, les compléter tous, les couronner tous, celui que Léon XIII a appelé : « *Præclarum Christiani orbis decus et Ecclesiæ lumen* », en une voix qui faisait écho à six siècles de gloire. Thomas d'Aquin, — l'ornement du monde chrétien, — l'honneur de l'humanité, — le Soleil de l'Eglise; Thomas d'Aquin, cette âme virginale et angéliquement belle, qui rappelle à tant de titres saint Jean l'Evangéliste. Car de même que Jean reçut Marie des mains de Jésus pour la défendre et être son fils, Thomas reçoit de Jésus le sacrement d'amour pour en être le docteur, le chantre, le défenseur.

Et il fit si bien toutes ces choses que Jésus voulut le lui dire à Naples, dans une vision célèbre : « *Bene scripsisti de me, Thoma.* » Et qui donc a donné Thomas d'Aquin à l'Eglise, si ce n'est saint Dominique. Et tout autour de ces incomparables docteurs; leurs fils, leurs héritiers, leurs continuateurs répandent un enseignement qui attire toute la jeunesse de l'Europe en de célèbres universités : Paris, Bologne, Florence, sans parler des autres; Rome, Rome surtout qui garde les maisons glorieuses de Sainte-Sabine et de la Minerve ; Sainte-Sabine où se trouve la cellule de saint Dominique, celle du grand pape saint Pie V son fils, et le merveilleux oranger dont la vie semble s'associer à celle de l'Ordre tout entier. La Minerve, avec ses vieux docteurs, immuables comme la science divine qu'ils représentent avec son église gardienne des plus chers souvenirs de famille. Voici le tombeau de Catherine de Sienne, dont le nom fut si grand et l'autorité si puissante que les Papes eux-mêmes se faisaient honneur de la regarder comme l'oracle de Dieu.

Mais quel est donc ce tombeau tout à côté : c'est celui de Fra Angelico; Angelico qui a fait croire que les anges lui avaient apporté du ciel son pinceau et ses couleurs, Angelico qui, au sceptre de la science a ajouté *celui des beaux-arts*, Angelico, c'est-à-dire un poème, une prière, une extase. Venu après Giotto,

Cimabué, il remplit l'Italie et l'enrichit de ses innombrables chefs-d'œuvre. Mais c'est Florence surtout, Florence la belle, Florence sa patrie qui garde avec un soin jaloux, au palais de ses ducs, aux couvents de ses moines, à saint Marc surtout et à saint Dominique, les productions de son génie.

Cherchez à faire prendre forme aux sentiments les plus élevés de la foi, et dites-moi qui exprima à un degré inconnu jusqu'à lui, la componction du cœur, l'élan vers Dieu, le ravissement, l'extase, l'avant-goût du ciel.

A côté de lui, et en même temps, les frères Claude, du couvent de Marseille, accouraient, sur l'appel de Bramante, peindre les fenêtres du Vatican. C'était bien la même foi qu'Angelico, créations merveilleuses qui ont disparu au sac de Rome, en 1529. Cortone, Arezzo, Florence, Pérouse nous offrent encore des restes qui nous disent que l'art de peindre sur verre fut porté par eux au plus haut degré de délicatesse et de perfection où il soit possible d'atteindre.

J'ai ajouté qu'une des gloires de l'Ordre de Saint-Dominique était d'être resté *l'ami et le défenseur des peuples*.

Laissez-moi ne citer que deux noms : Savonarole et Las Casas

Et si le nom de Savonarole vous trouble, je ne demande, avant de passer, qu'à saluer son cilice, sa bible, son crucifix, auxquels il resta constamment fidèle ; je veux même et on ne peut me le défendre, saluer son génie, qui, après tout, n'était que la formule, la synthèse si vous aimez mieux, des aspirations de son siècle, et l'expérience lui donna raison. Ceci dit, je passe à Las Casas qui a forcé l'admiration des protestants eux-mêmes pour le zèle infatigable qu'il mit à défendre les Indiens contre la rapacité et la cruauté des gens sans aveu. « Mes Frères en religion, écrivait-il, me demandent si je suis en état de grâce, à cause de la tiédeur de mon zèle pour les indigènes. La tiédeur de Las Casas !

Et quand, devenu vieux, il fut rentré en Espagne, les religieux

de son couvent ne pouvaient s'empêcher de sourire quand ils entendaient le confesseur de l'évêque s'écrier parfois : « Evêque vous irez certainement en enfer si vous laissez votre zèle pour les pauvres Indiens se ralentir. »

« La loi est la loi ; le vrai Roi est la Loi, écrivait-il à Philippe II, et aucun impôt ne peut être validement établi sans le consentement des peuples. » Vous avez bien entendu, mes Frères, c'était à Philippe II d'Espagne que cela se disait. Aussi, est-ce la gloire des vieux moines et une gloire qui vaut mieux que toutes les statues, qu'un écrivain protestant d'Amérique ait pu dire naguère : « J'affirme qu'il n'y a point dans la Constitution américaine un seul principe que Las Casas n'ait énergiquement défendu auprès des monarques espagnols, comme fondement et mesure de leur autorité ; » et il conclut en demandant une statue à l'ami des Indiens dans la capitale même des Etats-Unis.

Ah ! que c'est bien là, ou je m'y connais plus, le bon combat.

Ce bon combat, mes RR. PP., c'est le vôtre. C'est là votre mission, c'est là votre raison d'être. Vous êtes les soldats de la liberté ; vous combattez non pour vous enrichir, non pour vous élever, non pour dominer, mais pour Dieu, pour la liberté. Ah ! quel bonheur que celui qu'apporte ce combat. Comme on comprend alors le cri de Jeanne d'Arc qui est celui de tout grand cœur : « Vive labeur. »

Cela, mes RR. PP., est votre honneur dans le passé, et en une fête de saint Dominique, il est bon d'ajouter que c'est votre honneur et votre lot dans le présent.

L'Ordre de Saint-Dominique n'a cessé de briller au milieu de nous dans les chaires de nos universités et de nos églises; sa robe blanche fait partie de notre civilisation ; il évangélise nos grandes cités ; il instruit la jeunesse dans les collèges et prépare ainsi un meilleur avenir à la France. Il a donné à l'Eglise quatre papes, soixante-dix cardinaux, plus de mille deux cents archevêques et **évêques**.

R. F.

La France fut un moment privée des bienfaits de cet Ordre. Le plus grand orateur de ce siècle, Lacordaire, fut suscité de Dieu pour ramener les enfants de France au foyer de saint Dominique, et le père aimait à répéter souvent qu'il convenait que le sang généreux de la France coulât sous le vieil habit de saint Dominique. Et telle fut la joie à l'antique berceau de sainte Sabine, que l'oranger planté par le patriarche, il y a plus de six siècles, poussa un rameau nouveau qui fut appelé le rameau de France.

Et pour résumer ce tableau, et pour finir ce discours, et pour vous dire toute ma pensée; et pourquoi ne vous dirai-je pas ma pensée, puisqu'elle est vôtre aussi, mes Frères; oui, ce que saint Dominique a fait, il le fait encore. Oui, son Ordre nous apporte encore aujourd'hui les bienfaits que les siècles passés en ont reçus.

N'est-il pas vrai ? Et si je me trompe, dites-le moi. N'est-il pas vrai que nous voyons encore Dominique récitant son Rosaire et l'opposant à toutes les hérésies.

Thomas d'Aquin enseignant la science divine et groupant l'élite de son pays autour de sa chaire.

Lacordaire réveillant l'âme de la patrie. N'est-ce pas vrai cela ? Et si c'est vrai qu'il me soit permis de donner un salut au plus humble et au plus vaillant des enfants de Dominique, à ce vieil ami de Dieu et des âmes ; à cet ami des nobles causes, à notre ami enfin à tous.

Faut-il un mot aux anniversaires sacrés, un mot qui aille au cœur et à l'âme de la France, c'est lui qui le trouve et qui le dit.

A Clermont, naguère, il retrouvait l'écho du « Dieu le veut » des Croisades.

Personne, comme lui, n'évoque l'image sainte de la Patrie; personne n'a des accents comparables aux siens pour Jeanne la Pucelle, personne ne la chante comme lui.

Personne ne chante à son égal le glorieux baptême des Francs à Reims.

Personne ne comprit mieux que lui, il n'y a que quelques mois, les puissantes vibrations de la cloche de Montmartre, et personne ne lui apprit mieux ce qu'elle devait dire.

Toujours là, le vieil ami du Christ, des âmes, de la liberté, de la dignité humaine. Toujours là avec son sourire, simple comme un enfant, pauvre et désintéressé comme le plus pauvre des moines, fier d'une fierté qui ne connaît et ne craint que Dieu. N'est-ce pas que c'est bien lui; n'est-ce pas que c'est bien Dominique; n'est-ce pas que nous l'avons reconnu; n'est-ce pas que vous l'avez nommé; n'est-ce pas mes Frères, qu'il vous est cher comme la plus pure de vos gloires, le meilleur de vos concitoyens, le plus dévoué de vos amis. Dominique vit encore, vous dis-je, et il veut vivre et il vivra; et s'il passe un nuage sur son soleil, son soleil fait de lumière et de liberté dissipera le nuage.

Et si le vieil oranger de Sainte-Sabine gémit sous le poids des siècles, le rameau jeune et plein de vie qu'il a poussé, s'étendra encore davantage, offrant ses fruits d'or aux amis qui viendront les cueillir.

www.ingramcontent.com/pod-product-compliance
Lightning Source LLC
Chambersburg PA
CBHW061517170626
46811CB00004B/1755